EL PUEBLO SEGUIRÁ

Edición Especial 40° Aniversario

POR SIMON J. ORTIZ • ILUSTRADO POR SHAROL GRAVES

TRADUCCIÓN AL ESPAÑOL POR VICTOR MONTEJO

Children's Book Press, *an imprint of* Lee & Low Books
New York

Hace mucho, mucho tiempo, las cosas comenzaron a existir.

Las estrellas, las rocas, las plantas, los ríos, los animales;

las montañas, el sol, la luna, los pájaros; todo lo que existe.

Y así, nació el Pueblo.

Algunos dicen que "del océano".

Otros dicen que "del agujero de un tronco".

Algunos dicen que "de un agujero en el suelo".

Otros dicen que "de las montañas".

Y así el Pueblo vino a vivir

en las montañas del norte y en las Grandes Planicies,

en las montañas del occidente y en las costas del mar,

en los desiertos del sur y en los cañones,

en los bosques del oriente y al pie de las montañas.

Algunas personas pescaban, otros eran cazadores.

Algunos cultivaban la tierra, otros eran artesanos.

Sus líderes eran aquellos que servían a su Pueblo.

Sus curanderos eran aquellos que cuidaban a su Pueblo.

Sus cazadores eran aquellos que daban sustento a su Pueblo.

Sus guerreros eran aquellos que protegían a su Pueblo.

Los maestros y ancianos de los pueblos
transmitían este importante conocimiento.

> "La tierra le da vida a todo lo que existe.
>
> De ella nace todo.
>
> Sus hijos le dan continuidad a la vida sobre la tierra.
>
> El Pueblo debe ser responsable de la tierra.
>
> Esa es la manera de que la vida continúe".

Los Pueblos de las muchas naciones

se visitaban.

Los Pueblos del norte traían carne de alce.

Los Pueblos del oeste les daban pescado.

Los Pueblos del sur traían maíz.

Los Pueblos del este les daban pieles de animales.

Cuando había desacuerdos,

sus líderes les decían:

> "Respetémonos los unos a los otros.
>
> Les traeremos maíz y canastos
>
> y ustedes nos traerán carne y cuchillos de pedernal.
>
> De esta forma viviremos en paz.
>
> Debemos respetarnos, y también a los animales,
>
> las plantas, la tierra y el universo.
>
> Hay mucho que aprender de todas las naciones".

A pesar de todo, la vida siempre era difícil.

A veces, el maíz no crecía y había hambruna.

A veces, el invierno era demasiado frío y el Pueblo sufría.

A veces, el viento era caliente y los ríos se secaban.

A veces, había disgustos entre la gente.

Los hombres y mujeres sabios hablaban

para decidir qué hacer por su Pueblo,

pero siempre fue difícil.

Tenían que tener mucha paciencia.

Y así le decían a su Pueblo:

"No podemos dar las cosas por sentado.

Para que nuestras vidas puedan continuar,

debemos luchar por nuestra existencia".

Pero un día, algo inusual comenzó a suceder.

Tal vez hubo un pequeño cambio en el viento.

Tal vez hubo un movimiento en las estrellas.

Tal vez fue un sueño que alguien soñó.

Tal vez fue el extraño comportamiento de algún animal.

La gente pensó y recordó:

> "Hace mucho tiempo hubo gente que vino
>
> del mar a las costas occidentales".

La gente pensó y comenzó a recordar:

> "Hace mucho tiempo, hubo gente pelirroja
>
> que llegó del mar a las costas orientales".

Pero estos visitantes no permanecieron mucho tiempo.

> Ellos se encontraron con el Pueblo
>
> pero pronto regresaron sobre el mar por donde vinieron.

Pero ahora, el Pueblo comenzó a escuchar historias de miedo.

Hombres extraños habían llegado a las playas del sur.

Españoles, así se llamaban.

Ellos habían llegado en busca de tesoros y esclavos.

Estos hombres causaban destrucción entre los pueblos.

Las naciones indígenas del sur fueron quemadas

por estos hombres irresponsables e impetuosos.

Pronto, las historias de terror abundaron.

Más hombres, estos con mujeres e hijos,
llegaron a las costas del este.
Ingleses, franceses, holandeses; así se llamaban.
Hablaban con un fervor que asustaba
al Pueblo que se encontraba con ellos.
Hablaban de un Dios que todos deben obedecer.
Decían ser hombres especiales al servicio de este Dios.

Muy pronto, el Pueblo vio la destrucción
de sus naciones.
Pronto se dieron cuenta de que la intención
de los ingleses, franceses y holandeses era robarles las tierras.
Los ricos y los poderosos de entre esta gente
formaron un gobierno estadounidense.
Americanos, así se llamaban.
Querían las tierras porque eran fértiles
con grandes bosques y tierras de cultivo;
y donde había una gran riqueza en minerales preciosos.
Y querían que el Pueblo les sirviera como esclavos.

Cuando el Pueblo vio que estos hombres no respetaban al Pueblo
ni a la tierra, dijeron:

"Debemos pelear para protegernos y proteger nuestras tierras".

En el occidente, Popé se levantó con guerreros de las naciones pueblo y apache.

En el oriente, Tecumseh se levantó con los shawnee y las naciones de los Grandes
Lagos, de los Apalaches y del valle del Ohio para pelear por su gente.

En el Medio Oeste, Halcón Negro peleó para proteger a las naciones sauk y fox.

En las Grandes Llanuras, Caballo Loco dirigió la lucha de los sioux
para conservar sus tierras.

Osceola en el sureste, Gerónimo en el suroeste, Jefe Joseph en el noroeste,
Toro Sentado y Capitán Jack; todos fueron grandes guerreros.

Fueron guerreros que resistieron y pelearon
para evitar que les quitaran las tierras.

Desde el siglo XVI hasta el siglo XIX
el Pueblo peleó para defender sus vidas y sus tierras.
Batalla tras batalla, pelearon hasta que se debilitaron.
Se quedaron sin comida
y sus guerreros fueron muertos o capturados.
Y entonces el Pueblo empezó a llegar a
acuerdos con el gobierno estadounidense.

Los líderes de las naciones aceptaron Tratados.

Y las naciones dijeron que cesarían su lucha armada.

Los americanos prometieron al Pueblo

que podrían vivir en la tierra que acordarían

que iba a pertenecer al Pueblo.

En estos territorios el Pueblo tendría la libertad de cazar,

de pescar y de practicar sus ceremonias tradicionales.

Sobre estas tierras, las naciones podrían vivir.

Y el Pueblo pensó:

"La tierra es la fuente de todas las formas de vida".

Ellos sabían que debían tener el coraje para seguir adelante.

El Pueblo prometió honrar los Tratados.

El Pueblo aceptó vivir en las reservas;

aunque muchas de estas tierras eran muy pobres.

Ya no había más búfalos para cazar

y quedaban muy pocos alces y venados.

Mucha gente huyó de las reservas,

pero los americanos los obligaron a regresar.

Las naciones indígenas fueron debilitadas.

La fuerza de su unidad fue destruida.

Pronto, fueron llegando más americanos.

Eran mineros,trabajadores del ferrocarril,

bandoleros, misioneros y rancheros.

Querían el resto de la tierra que les quedaba a los indígenas.

Los Tratados fueron rotos por ellos

y así las reservas se redujeron mucho más.

Los americanos enviaron agentes del gobierno.

Ellos dijeron que el Pueblo no podía seguir

viviendo de la misma manera.

Los misioneros pidieron a los gobernantes

que prohibieran las ceremonias sagradas,

las danzas y cantos del Pueblo.

Los agentes de gobierno reunieron a los niños

y los llevaron a escuelas internadas

lejos de sus comunidades y de sus familias.

Los niños del oeste

fueron llevados al este.

Y los niños del este

fueron llevados al oeste.

Los hijos del Pueblo fueron dispersados

como las hojas de un árbol, arrancadas por el viento.

En las escuelas, lejos de su hogar,

los niños fueron obligados a convertirse en americanos

y aprendieron a avergonzarse de su gente.

El Pueblo comenzó a ir a la escuela.

Asistieron a las iglesias cristianas.

Sirvieron en el ejército americano.

Algunos casi se convirtieron en americanos.

Pero siguieron perteneciendo al Pueblo.

Cultivaron la tierra y criaron ganado.

Hacían y vendían artesanías para subsistir.

A pesar de todo, el Pueblo siguió siendo muy pobre.

No había trabajo en las reservas.

Aunque no querían,

muchos tuvieron que abandonar las reservas.

El gobierno los llevó

a las ciudades de América.

Oakland, Cleveland, Chicago, Dallas,

Denver, Phoenix, Los Ángeles.

Trabajaron en fábricas, en el ferrocarril,

en negocios e incluso para el gobierno.

Muy a menudo se sentían desanimados,

y sus familias sufrían en las ciudades.

Lucharon duramente por su vida.

Todo este tiempo, el Pueblo recordaba.

Los padres les decían a sus hijos:

"Ustedes son shawne. Ustedes son lakota.

Ustedes son pima. Ustedes son acoma.

Ustedes son tlingit. Ustedes son mohawk.

Ustedes integran todas estas naciones".

Y el Pueblo se decía:

"Esta es la vida de nuestro Pueblo.

Estas son nuestras historias y nuestros cantos.

Esta es nuestra herencia".

Y los niños escuchaban atentamente.

"Esta ha sido la lucha de nuestro Pueblo.

Hemos sufrido, pero hemos sobrevivido",

decían los padres.

"Escuchen", decían, y se ponían a cantar.

"Escuchen", decían, y se ponían a contar sus historias

"Escuchen", decían: "Así es como vivía nuestro Pueblo".

A lo largo de los Estados Unidos

las naciones del Pueblo hablaban.

Los cheyenes en las ciudades y los navajos en el campo.

Los seminoles en Los Ángeles y los cheroquis en Oklahoma.

Los chippewas en Red Lake y los sioux en Denver.

En todas partes, la gente en las reservas,

en pequeños pueblos y en ciudades grandes

hablaban y también escuchaban.

Escuchaban las palabras

de los ancianos del pueblo que decían:

"Esta es la vida que te incluye a ti.

Esta es la tierra que es tuya.

Todas estas cosas de las que nos separaron

fueron rotas por el poder del gobierno americano.

Pero aún viven y las debemos mantener con vida.

Todas estas cosas nos ayudarán a seguir adelante".

Una vez más, el Pueblo se dio cuenta

de lo que le estaba sucediendo a la tierra.

Se dieron cuenta de que eran la fuerza y el poder

de los ricos y del gobierno

los que habían hecho sufrir al Pueblo.

El Pueblo miró a su alrededor

y vio negros, latinos,

asiáticos, mucha gente blanca y otros

que habían sido mantenidos pobres

por la riqueza y el poder americano.

Los Pueblos se dieron cuenta de que esta gente

que no era rica ni poderosa,

compartía una vida en común con todos.

El Pueblo comprendió que tenía que compartir

su historia con ellos.

"Les contaremos de nuestras luchas", les dijeron.

"Nosotros somos el Pueblo de esta tierra.

Fuimos creados por las fuerzas que emanan

de la tierra y del cielo, las estrellas y el agua.

Debemos asegurarnos de que el balance de la tierra se mantenga.

No existe otra forma.

Debemos luchar por nuestras vidas.

Debemos cuidarnos los unos a los otros.

Debemos compartir nuestras preocupaciones.

Nada vive separado de nosotros.

Todos somos un solo Pueblo.

Debemos aprender a compartir nuestras vidas.

Tenemos que luchar contra esas fuerzas

que tratan de arrebatarnos nuestra humanidad.

Debemos asegurarnos de que la vida continúe.

Debemos ser responsables por esa vida,

Con la humanidad y la fuerza

que surge de nuestra responsabilidad por la vida,

el Pueblo seguirá".

NOTA DEL AUTOR

Este libro fue originalmente publicado en 1977. *El Pueblo seguirá* es un relato de
los pueblos indígenas de las Américas, especialmente de los Estados Unidos, que
continúan viviendo en sus territorios tradicionales desde tiempos inmemoriales.
Aunque las praderas, montañas, valles, desiertos, ríos, bosques, playas y regiones
costeras, ciénagas y pantanos a lo largo de la nación, ya no son tan extensos
como antes, toda la tierra continúa siendo sagrada, y es el hogar soberano de los
pueblos indígenas de América.

A pesar de los intentos por parte de fuerzas coloniales no indígenas de erradicar
tradiciones culturales, rituales y modos de vida, estas prácticas esenciales de los
pueblos indígenas continúan en la actualidad. Se continúan hablando idiomas
indígenas, aunque los cambios sociales, culturales y económicos constantes han
producido una pérdida de los conocimientos tradicionales. La identidad indígena
sigue siendo fuerte y profunda en el corazón y en el alma de los pueblos. Los
rezos tradicionales, cantos, danzas y ceremonias son considerados esenciales
para la comunidad; y los ancianos de la tribu insisten en la continuidad de dichas
tradiciones.

Por supuesto, muchos indígenas viven ahora en las ciudades de los Estados
Unidos como residentes urbanos entre ciudadanos de diferentes grupos étnicos y
culturales. Como otras personas en los Estados Unidos, los indígenas americanos
también buscan una educación adecuada, y el conocimiento y las destrezas
necesarios para lograr una vida sostenible. Esta es una de las muchas luchas que
los pueblos indígenas enfrentan constantemente.

Por ejemplo, la comunidad tribal de Standing Rock de los sioux de Dakota del Norte ha tenido que enfrentar grandes problemas. Ellos lucharon para detener el Acceso del Oleoducto Lakota (DAPL), conscientes de que la contaminación y la devastación de las tierras, el agua, el aire, las plantas y la destrucción de la vida humana y animal puede ocurrir cuando estos oleoductos se rompen.

Los sioux quieren proteger su salud y su vida y la de todos los seres que son afectados negativamente por la tecnología del desarrollo irresponsable. La vida y las tierras de los sioux han sido amenazadas y puestas en peligro; lo mismo les ha sucedido a otros pueblos indígenas y territorios en los Estados Unidos y alrededor del mundo. Por eso, el valiente llamado "NO al DAPL" fue apoyado tanto por otros pueblos indígenas de América, como por pueblos no indígenas de los Estados Unidos, Asia, Europa y América del Sur. No solo los pueblos indígenas están conectados con la tierra y dependen de ella: todos dependemos de ella.

No cabe duda de que el esfuerzo de vivir como indígenas americanos es una lucha seria y sincera. Es una forma de vida que engendra amor, preocupación, responsabilidad y obligación. Debe ejercitarse y expresarse como una creencia, como una obligación y como una aserción de nuestra humanidad en relación con otras formas de vida de la Creación, para que el Pueblo siempre siga adelante.

—Simón Ortiz, también conocido como Hihdruutsi, miembro del Clan del Águila e hijo del Clan del Antílope o Pueblo de Acoma.

En la preparación de esta edición especial del 40° aniversario, nuestra editorial agradece a Harriet Rohmer, J.R. Howard, Wilma Mankiller, Beryl LaRose, y a los estudiantes y profesores del Oakland Native American Survival School que participaron en la creación del libro original.

Children's Book Press, an imprint of LEE & LOW BOOKS Inc., 95 Madison Avenue, New York, NY 10016
leeandlow.com
Book redesign by David and Susan Neuhaus/NeuStudio
Book production by The Kids at Our House
The text is set in ITC Legacy Sans
The illustrations are rendered in pencil and ink, then digitally enhanced
Manufactured in China by First Choice Printing Co. Ltd., August 2017
10 9 8 7 6 5 4 3 2 1
First Edition

Library of Congress Cataloging-in-Publication Data
Names: Ortiz, Simon J., 1941– author. | Graves, Sharol, illustrator.
Title: El pueblo seguirá / por Simon J. Ortiz; ilustrado por Sharol Graves.
Other titles: People shall continue. Spanish
Description: New York: Children's Book Press, an imprint of Lee & Low Books, [2017] | Audience: Ages 6-10.
Identifiers: LCCN 2017031209 | ISBN 9780892394241 (alk. paper)
Subjects: LCSH: Indians of North America—History—Juvenile literature.
Classification: LCC E77.4.O7718 2017 | DDC 970.004/97—dc23
LC record available at https://lccn.loc.gov/2017031209

MIX
Paper from responsible sources
FSC® C020691
www.fsc.org